P9-EET-871

Cinderella
Cenicienta

Bilingual
Fairy Tales
ENGLISH | SPANISH

retold by Lindsay Mizer
illustrated by Jim Talbot

Educational Media

© 2008 Carson-Dellosa Publishing LLC.
Published by Rourke Educational Media | rourkeeducationalmedia.com

Library of Congress PCN Data
Cinderella / Cenicienta
ISBN 978-1-64369-001-8 (hard cover) (alk. paper)
ISBN 978-1-64369-018-6 (soft cover)
ISBN 978-1-64369-165-7 (e-Book)
Library of Congress Control Number: 2018955745
Printed in the United States of America

Once upon a time, there lived a beautiful young girl named Ella. She was very kind-hearted, even to her stepmother and stepsisters, who treated her terribly. Every day, they made Ella do chores from morning until night while they sat around and did nothing.

Había una vez una joven muy hermosa llamada Ela, quien era muy bondadosa, aun con su madrastra y sus hermanastras que la trataban muy mal. Todos los días hacían que Ela hiciera oficio desde por la mañana hasta por la noche, mientras ellas estaban sentadas sin hacer nada.

Ella didn't mind the hard work. She daydreamed to pass the time. She imagined she was a royal princess dressed in a fine gown, not in her own dress, which was covered with cinders from the fire.

"*Cinder*ella! *Cinder*ella!" her stepsisters would tease her.

But Cinderella was too lost in her dreams to hear them.

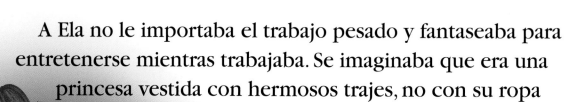

A Ela no le importaba el trabajo pesado y fantaseaba para entretenerse mientras trabajaba. Se imaginaba que era una princesa vestida con hermosos trajes, no con su ropa que estaba cubierta de cenizas de la chimenea.

—*¡Cenicienta! ¡Cenicienta!* —le decían burlándose sus hermanastras.

Pero Cenicienta estaba perdida en sus sueños y no las escuchaba.

One day, a royal messenger dropped off an invitation. All of the ladies in the kingdom were invited to attend a royal ball in honor of the prince.

"Do you know what this means?" shrieked the greedy stepmother. "The prince must be looking for a princess. If he chooses one of you, we all could be royalty."

"Cinderella! Go help your sisters get ready!"

Un día un mensajero del rey les dejó una invitación. Todas las jóvenes del reino estaban invitadas a asistir a un baile real en honor del príncipe.

—¿Saben qué quiere decir esto? —dijo la madrastra codiciosa con voz chillona—. El príncipe debe estar buscando una princesa. Si elige a una de ustedes, podríamos ser realeza.

—¡Cenicienta! Ve a ayudar a tus hermanas a arreglarse… ¡YA!

Cinderella carefully sewed her stepsisters' dresses. She gently fixed their hair. And all without so much as a "thank you" from them.

"May I go to the ball with you too?" Cinderella asked her stepmother quietly.

"Ha!" laughed her stepmother. "What would you wear, Cinderella, that dirty old dress?"

Cenicienta cosió cuidadosamente los vestidos de sus hermanastras y las peinó con delicadeza sin recibir ni siquiera las gracias.

—¿Puedo ir al baile con ustedes? —Cenicienta preguntó quedamente a su madrastra.

—¡Ja! ¡Ja! —rio su madrastra—. ¿Con qué te vestirías, Cenicienta, con ese traje viejo y sucio?

Cinderella begged her stepsisters to lend her a dress for the ball.

"You?" the older stepsister asked. "Borrow my dress? Never!"

"Do you think they want a dirty cinder girl at the ball?" howled the younger stepsister.

"Besides," said her stepmother, "you have a lot of work to do here. Clean the curtains and mop the floors while we're gone."

Cenicienta les rogó a sus hermanastras que le prestaran un vestido para el baile.

¿Para ti? —le preguntó la hermanastra mayor—. Jamás.

—¿Crees que ellos quieren a una joven cubierta de cenizas en el baile? —Ululó la hermanastra menor.

—Además —dijo la madrastra—, aquí tienes que hacer muchísimo trabajo; limpiar las cortinas y trapear los pisos mientras estamos en el baile.

After her family left, Cinderella burst into tears. How she wished she could go to the ball!

"Don't cry, sweet girl," squeaked a tiny voice. Cinderella turned to find a small, sparkly fairy looking at her. "I am your fairy godmother. And if you wish to go to the ball, then you shall go. Now, let's get to work!"

Después de que la familia se fue, Cenicienta se echó a llorar. ¡Cómo le hubiera encantado ir al baile!

—No llores, dulce joven, —dijo una voz aguda. Cenicienta se dio vuelta para ver a un hada centelleante que la miraba—. Soy tu hada madrina y si quieres ir al baile, entonces irás. Ahora, ¡a trabajar!

"First, fetch me a pumpkin, Cinderella, and clean it out," said the fairy godmother.

—Primero, tráeme una calabaza, Cenicienta, y límpiala —dijo el hada madrina.

"Now, fetch me some mice."

—Ahora, tráeme unos ratones.

Swoosh! With the wave of her wand, Cinderella's fairy godmother turned the pumpkin into a beautiful coach and the mice into elegant footmen.

"Oh!" cried Cinderella. "It's beautiful. But look at me. I have nothing to wear but these dirty rags."

"Well," said her fairy godmother, "I can fix that."

¡Zas! Con un movimiento de su varita mágica, el hada madrina convirtió la calabaza en un hermoso carruaje y a los ratones en elegantes lacayos.

—¡Oh! —exclamó Cenicienta—. Qué hermoso, pero mírame, solo tengo este vestido sucio y harapiento.

—Bien —dijo su hada madrina—, eso lo puedo arreglar.

Suddenly, Cinderella's ragged dress turned into a long, flowing gown. On her feet were a pair of sparkling glass slippers.

"Thank you, Fairy Godmother," said Cinderella.

"Enjoy the ball, my child," said her fairy godmother. "But remember this, at the stroke of midnight, all of the magic will disappear."

De repente, el vestido harapiento de Cenicienta se convirtió en un traje largo y vaporoso. En sus pies llevaba un par de zapatillas de vidrio brillantes.

—Gracias, Hada Madrina —dijo Cenicienta.

—Diviértete en el baile, hija querida —dijo el hada madrina—, pero recuerda esto: cuando den las doce de la noche toda la magia desaparecerá.

Cinderella arrived at the palace in high style. She caught the eye of the handsome prince, and they spent the entire night dancing, talking, and gazing into one another's eyes.

"Who is this mysterious girl?" whispered the guests. "Where did she come from?"

Cenicienta llegó al palacio con gran esplendor. Llamó la atención del apuesto príncipe y pasaron toda la noche bailando, hablando y mirándose a los ojos.

—¿Quién es esta joven misteriosa? —susurraron los invitados—. ¿De dónde viene?

Bong! The clock startled Cinderella. It was almost midnight! She gave the prince one last loving look and ran out of the ballroom.

"Wait!" cried the prince. "I must know your name. I want to…." But Cinderella had already disappeared, leaving behind only a glass slipper on the palace steps.

¡Tong! El reloj sorprendió a Cenicienta. ¡Era casi la medianoche! Le dio una última mirada amorosa al príncipe y salió corriendo del salón de baile.

—¡Espera! —gritó el príncipe—. Dime tu nombre, quiero…

Pero Cenicienta ya había desaparecido dejando atrás solo una zapatilla de cristal en las escalinatas del palacio.

"Poor Cinderella!" taunted her stepsister the next morning.

"You missed it. The prince danced all night with a beautiful princess. She and I became good friends!"

Cinderella smiled knowingly.

"I hear the prince is conducting a search for the mysterious princess. Whoever fits the glass slipper she left behind will become his wife."

—¡Pobre Cenicienta! —se burló una de sus hermanastras la mañana siguiente—. Te lo perdiste, el príncipe bailó toda la noche con una bella princesa. ¡Ella y yo nos hicimos buenas amigas!

Cenicienta sonrió a sabiendas.

—Sé que el príncipe está buscando a la misteriosa princesa. Quien pueda calzar la zapatilla de cristal que dejó en las escalinatas será su esposa.

That afternoon, a royal messenger arrived at Cinderella's house. The stepsisters tried to squeeze their feet into the glass slipper, but their feet were much too big.

Esa tarde un mensajero real llegó a la casa de Cenicienta. Las hermanastras trataron de calzarse la zapatilla de cristal pero les quedaba estrecha. Sus pies eran demasiado grandes.

"May I try on the glass slipper?" asked Cinderella.
"No!" screamed the angry stepsisters. "Go away."

—¿Puedo tratar de calzarme la zapatilla?
—preguntó Cenicienta.
—¡No! —gritaron disgustadas las
hermanastras—. ¡Vete!

"Wait a minute," said the royal messenger. "Every woman in the kingdom must try on the slipper, Prince's orders."

Cinderella carefully slid her foot into the glass slipper. It fit perfectly! Suddenly, her ragged dress turned into a beautiful ball gown.

"Thank you, Fairy Godmother," whispered Cinderella, "wherever you are."

—Un momento —dijo el mensajero real—, todas las mujeres del reino deben probarse la zapatilla, son órdenes del príncipe.

Cenicienta se calzó la zapatilla de cristal cuidadosamente. ¡Le quedó perfecta! De repente su vestido harapiento se convirtió en un hermoso traje de baile.

—Gracias, Hada Madrina —susurró Cenicienta—, dondequiera que estés.

Cinderella married the prince on a beautiful sunny day. She never returned to her stepmother's house or scrubbed another floor after that. And she and the prince lived happily ever after together in his palace.

Cenicienta se casó con el príncipe en un hermoso día soleado. Jamás regresó a la casa de su madrastra ni fregó más pisos. Y ella y el príncipe vivieron felices para siempre en el castillo.

The End

Fin